Huellas de Arena

~

Salomé

Victor Guillermo Malta

Huellas de Arena

~

Salomé

Zinnia Books
New York ■ 1998

Copyright © Víctor Guillermo Malta, 1998
Todos los derechos reservados

Se prohibe la reproducción parcial o total
de este libro sin permiso.
Dibujo de portada por Víctor Guillermo Malta

Impreso en los Estados Unidos · Printed in the United States
I.S.B.N. 1-882573-12-9

ZINNIA BOOKS
P. O. Box 1655
New York, NY 10276

Salomé

La historia presentada en este libro, no representa necesariamente una verdad ya que ha sido creada para entretener el intelecto, y no para argumentar sobre su valor filosófico o histórico.

V.G.M.
New York
29 de enero de 1998

I

La tarde en su letargo esboza la desnudez de Salomé;
la tentación en el abismo de los ojos del bautista,
late en las formas de la sangre
que fluye retoñando la sal gimente de su cuerpo
al mirar las líneas que raudas se mecen
en los hambrientos torsos que respiran tempestades;
sus labios azorados gritan una plegaria finita
que en su celo incongruente engendra
el pecado del hombre
que deja su inocencia en la orilla del río y sus arenas.

II

La ceniza colorea estrellas en la frente
del alma del bautista;
dibuja espinas que manchan y juegan en sus ojos de niño;
y su pecho se rompe en mil gotas de rocío.
Un Juego, sólo un juego del tiempo que se esconde
en un espacio lleno de vacíos,
las raíces secas de sus dedos en su angustia
se elevan hacia el cielo
tratando de escarbar la estéril inocencia perdida;
la serpiente confabulada susurrando palabras en su oído,
vertió el licor aromático en sus labios
y la manzana roja de placer fue devorada.
Y ahora, ella, sólo ella, nada más que ella,
que rompe con su ritmo la quietud
que ensancha el silencio
de la arena conmovida por el cáliz,
que estremece los labios
al sabor del vino amargo que llena la existencia;
ella, solo ella, que retoña en la lengua
cuando el alma se envuelve
en polvo de oraciones.

III

La boca trata de argumentar una sonrisa
al destilar el rumor de una mentira,
pero es sólo un eco de mil oraciones inservibles
que inclemente se duerme entre los ojos
y se desborda en llagas de luz viva,
es una sombra que se proyecta en un rincón del cielo;
oratoria infecunda en el retazo de mundo
que llena la figura
y que muerde las horas con promesas agudas,
un sudario que envuelve los restos del silencio.
La noche en el alma del hombre
que arde insepulta y cruel en la conciencia;
un reloj sin esfera que taladra el pensamiento
donde el sueño se desvanece
inventando ajenas realidades.

IV

¡Es ella que llena con su cuerpo la noche mísera de arena!
Su piel sonora con el sudor sacrílego
que quiebra la sal que vibra en todas las raíces.
Euforismo de infierno en todas sus entregas;
la luz que se mece en la sombra
que ruge en el rito de sus líneas;
multitud de latidos que escalan el alma tiernamente,
y el sueño sigiloso que se acerca
para arropar dos antorchas apagadas.

Pero la sombra del bautista camina doliente
con pasos esfumados
bajo un contorno azul de luces que titilan,
ahora en su alma cabalga
la cruz enhiesta de los hombres
que vislumbra mansedumbres,
con un contagio vital angustioso que repudia perfecciones.

Allá, más allá, a lo lejos ojos hambrientos le rezan
a la luna,
y los peces y panes se ahogan en parábolas
que se llenan de sueño.

V

Sentada a la orilla del río
la hierba tiembla,
mientras que el viento con su atención morbosa
apreta con su aliento los pezones opacos.
Ella se estira voluptuosa,
sierpe que se derrite ante los ojos.

La tarde late al clamor de los muslos,
los pechos gritan sudores de canela,
los cabellos hirsutos caminan en los ojos
y el tiempo muere en líneas de las manos.

El bautista cabalga las estrellas,
virginidad angustiosa sólo en tránsito;
Edén enajenado en la audacia del hombre.

VI

Los caminos celebran la lucidez de un nombre loado,
un incendio entre labios que llenan
los pechos de inescrutables vanidades,
un encuentro de esterilidad
en la infinidad del pensamiento,
una indolencia para que el hombre arrope
su destino con el viento.

Pero ella espera en los rincones de castillos de sangre,
o en las playas de espuma que se enredan
en los filos de la lengua,
ella espera con su indócil gozo y corolarios
de grandes aceitunas,
ajena a las impertinencias que van llenando
las líneas de la historia.

El bautista impasible a los gritos del tiempo
que cansan los recuerdos,
camina tomado de las manos del pecado
con ceniza en la frente,
su pensamiento impregnado con el olor prolijo
de los muslos y besos
se enreda en evidencias finitas de los hombres.

VII

La tristeza inefable muerde la tarde calcinada
pero el alma canta epitalamios,
más allá del instante
los peces y los panes llenan las multitudes.

La pureza manchada se entrega reflexiva
y la virtud ausente agita el pensamiento.
Aún más allá de los límites confusos
sólo se habla de muerte.
La muerte que camina los senderos de estrellas,
que muerde multitudes con sus promesas vanas,
con su guadaña fría se ensaña con los niños,
y ataca silenciosa con manos descarnadas.
"¡Señor! ¿Porqué me hablas de muerte?
La muerte esta vestida con un traje negro y raído,
con olor pestilente de las guerras,
El amor es rosado de los cuerpos unidos
y las almas sangrantes,
y el olvido es olvido, con sabor de cenizas.
¡Señor! ¡No hables de la muerte! ¡No me hables!"
Y el bautista cerro sus grandes ojos y se secó una lágrima.

VIII

"¡Salomé!" Es el grito salado del bautista
que mancha el horizonte;
"Yo busco un paraíso entre tus brazos
cuando la noche llega,
mis besos se retoñan en las líneas
sin término de tu piel azabache,
o en tus ojos tan negros que aumentan la armonía
de las horas del alba,
me baño en sus lagunas
y trato de encontrarte en la impaciencia de mis noches
sin sueño.
Yo soy un caminante
esclavo de un mundo que ensalza soledades,
tú eres la arena que calcina la sangre,
eres la cruz y el pez que remonta la palidez inerme;
pero te miro ajena a mi ambición finita
y vienes cantando una canción de cuna
entre los trajes negros de la noche.
así mi pensamiento fugitivo se duerme entre tus senos".

IX

"Insensibles tus ojos consumen las horas angélicas
de la tangible esencia,
y yo vacío seguiré mordiendo la manzana.

La luz azul fluyente
es ahora un efímero fulgor que resplandece,
crepita compasivo aun generoso,
pero un frío pálido encanta la inocencia.

Quizá estarás sonriendo con un cáliz colmado de lujurias
diabólicas buscando un final fugitivo,
y yo seguiré de largo
con un sabor compasivo doloroso de mi ensueño."

X

"Yo conozco de la crueldad del crepúsculo
que crepita en las riberas
remotas de dolientes muchedumbres
que acosan a los panes y a los peces,
que descargan un férvido testimonio
de dolor en su existencia
en una canción estirada que rasga lo intocado,
pero es sólo un clamor infecundo
embelesado que emborrona los labios.
¿quien puede mitigar el hambre
con sólo el retazo de un mendrugo?

Yo sé que en las siniestras noches de mi alborada
con mi terror turbio miraré en el silencio
descarnar los despojos y bailar al son de la guadaña,
y feroz gritaré ahogándome en tu manto,
enterrando mi sombra en mis cuencas vacías
aun escalaré el silencio de tu anhelo,
con mi gimiente incendio
enredado en el pulso de tu tiempo.
Iré más allá del último destierro
que yo el hombre en mi siniestro mito inventaré
un camino a las estrellas,
otra vez esplendente cincelaré virtudes
y jamás te tendré gimiente en mi existencia escuálida".

XI

La lividez persigue las esquinas austeras
del salón donde rige el Tetrarca,
un cálido suspiro estremece el ámbito roído por antorchas,
una araña dormita en espirales de humo
que ascienden hacia el cielo,
y el escombro del vino derramado
que adorna el semblante de una mesa.

Allí en el dintel de ese universo milenario,
rostros indescifrables invocan un mundo de aquelarre,
y en medio de ese cosmos de un caos exaltado
Salomé en su tangencia
ilumina la angustia de los ojos con sus líneas fugaces.

Ella rasga el silencio con un diluvio frenético
de flujos y reflujos de su vientre,
sus caderas se mecen anhelantes
con una impía invitación sumisa,
la opulencia exaltada
de sus mantos magnánimos se derraman;
allá en el fondo la impudicia
de panderos y cítaras forjan alucinaciones.

Las grietas desnudas de la forma atesoran la sal
y el cabello implacable
muerde las cumbres coronadas con olivas,
las raíces alzadadas de sus manos
crepitan constantes vehemencias
mientras que los ojos del Tetrarca proféticos se pierden
en el vacío exacto y fugaz de luz y sombra.

XII

El camino de arena calcinante mancha
la inerme figura del célibe sediento,
cubierto de incertidumbres, vacilaciones, de cenizas,
taciturno esboza la rigidez obstinada que eclipsa lo sereno:
"remar en las indagaciones salobres
de los hechos y buscar la clemencia,
¿y entonces eludir
las tardes y las noches sembradas de momentos,
aborrecer el asombro de los ojos
que toman el pulso esplendoroso de los sueños,
las turgencias divinas
que arrancan rayos de luz a la música del cuerpo?

¡Plenitud necesaria que camina
en silencio en todos los rincones!
Pero el azul se muestra sólo
con la excelencia de los cometidos,
y entonces los jardines florecen
al rumor de las definiciones.

Pesadilla de peces
con escamas desprendidas y panes corroídos,
de ojos que se hunden en indiferencia de vigilias,
virtud del hombre contaminada
con cilicios de espinas y cadenas
que enamoran la tristeza con un retazo de un azul vacío.

Caminar por un mundo que heredó matices incongruentes
con la cerviz aplastada por diademas miserables,
fatigado en el tránsito de las transmutaciones."

XIII

"Ese candor azul que se aureola
en los senderos castos luminosos,
que se baña con pétalos mustios de las plegarias vivas
y dedos sollozantes
que escarban la penumbra de las formas,
allí es donde las alas se arrastran
entre las hojas cósmicas dormidas
embriagando con un rumor de voces maculadas una
espera efímera remota
de oír una palabra,
una sola palabra que retoñe la sombra
que camina en la tierra.

¿Cuántos incendios pasaron mi camino?
Mis dos manos se aferraron doblemente
rehusando el ansia prometida,
y mis ojos esquivos extinguieron
el final fugitivo de las líneas.
Dulce espacio que paso de largo
en una borrachera repulsa al pensamiento

Miro al sol en la tarde dormirse entre ósculos confusos,
pero el camino de los ojos del hombre está lleno
de ríos de sangre,
los labios partidos con el peso de oraciones,
y el hambre como una bestia feroz
que enluta el alma de los niños"

XIV

"Esos hombres que arrastran el semblante
de niños colmados de pacífica ternura,
tratan de encontrar la huellas de tus pies
en los granos calcinantes del tiempo,
la luz de la tarde ciega las pupilas
llenas de delicados cincelajes,
y el ocaso prematuro trata de llenar
un propósito indefinido en la conciencia.
un amor que taladra las grietas de la virtud,
un deseo que enseñorea al esclavo,
verdugo de las consideraciones
con celos como un poder adverso
para ensanchar las apariencias.
Pero tus admirables sueños transitorios
se pierden en lápidas dormidas,
cementerios cargados de quejidos velados,
donde los ruegos insepultos ensordecen el viento
pidiendo un grano de sal.
Eternidad confusa que abrigó la temporalidad
de un pensamiento
y te veo pasar repartiendo fábulas a corazones fatigados,
pétalos pegajosos de una flor estéril pero ensordecedora,
una velada voz que encierra la muerte
para seguir viviendo,
¿y que puedo yo decir?
Un tormento que llena mis sueños inconclusos,
morbosidad de mi espera en la penumbra."

XV

"En la soledad absurda de mi pensamiento
que esquiva las miradas,
¿cómo puedo encontrar la rigidez del penúltimo sueño?
miro a tu rostro pero tus ojos gritan:
"Virgo fidelísimo, virgo venerado"
y mi angustia presume tu sentencia.

La idea que fue dispuesta en la armonía fulgurante
de semillas dispersas hacia las vibraciones ciertas
que engendraron el sol, el hombre, las estrellas
con una indiferencia de las variantes
que acarician el orden de las cosas,

y entonces los labios tiemblan
al roce vitrio y alado de la forma
que se enreda susurrante
para entonar su música de fuego,
la palidez de los rostros
saturados de besos y líneas henchidas
con antorchas ardientes que se estrechan en latidos
y que en las sombras del alba se dispersan
sonrientes en los lechos

pero yo turbado sólo viajo por las bifurcaciones
que enredan esos júbilos
enrolado en el orden de las catequizaciones
con el agua del río,
ausente de las migajas en la repartición de las apariencias,
y arropado con el fantasma de la virtud
que muerde mis entrañas."

XVI

"La confidencia se desplazaba en mi en su cíclico glucoso,
creando las armonías centelleantes
que bañaban mi inocencia,
la vitalidad imaginaria ha sido un fuego fatuo
en la existencia escuálida
que camina inviolada en mi candidez de niño;

esa inmortalidad de dogma
que apreta con anillos incorpóreos
el sueño esplendoroso
inmanente de la materialidad del hombre,
es sólo un licor espurio que destila sus gotas detestables
en el prodigio intocado que atesora el albedrío.

Y aquí desnudo de pretensiones pero victorioso iluminado
te devuelvo el resto de los sueños de ritos inmortales,
sueños prestados con intereses de criptas
y velas funerarias,
y déjame caminar huérfano y doliente
los últimos peldaños cripticos de la vida."

XVII

La noche con dedos enroscados en los rayos de la luna
insertan una palidez alada
en el vacío semblante del profeta,
que apagado y helado se embarca
en el cóncavo panorama de las horas;
una vez más el hombre efímero gime mortal en la angustia
de un Edén marchito.

Su voz creciente musical en la gracia de las multitudes
acosa con el silencio los pensamientos primigenios,
pero ya es tarde para anhelar los derechos
que han sido revocados
y es uno más en el soplo de los vientos humanos,

así se marcha por la temporalidad de su existencia
en busca de la audacia impaciente
que desveló su pensamiento,
ella está allí en los límites de los labios
henchidos por las cosas,
con sus dedos de azogue amasando espejos en el tiempo,

ella está allí
con su manzana inquietante entre las multitudes
que gritan desaforadas la envidia
que arropan en su prosélita existencia,
y erráticos en un proscenio
que arenga proverbios mustios,
retumban su alborozo
tratando de atesorar pensamientos ajenos.

XVIII

La cítara se mece en los oídos
con un enjambre de notas afligidas
mientras que las trompetas se ensañan
dispersando multitudes;
más allá en un balcón vetusto ceniciento que enseña al sol
sus arrugas marchitas
de las horas de tedio y de cansancio,

una figura tibia escudriña un rostro entre mil rostros,
sus ajorcas relumbran en el balcón dormido,
el polvo de la tarde se ensaña en sus sandalias,
y a lo lejos se escucha una ajabeba que silba su tristeza.

Paso a paso se aleja taciturna
envuelta tenazmente en ideas extrañas,
es el letargo de imposibles
que invade las esquinas de sus ojos,
y aquella tarde perdida en el recuento
que acosa el pensamiento,
es un puñal obtuso que se ensaña en la sangre.

"¡Un día más! -repite Salomé sollozando- un día más
que su nombre se pierde en la agitación de las arenas,
un día más de espera
en que mi alma se encierra en vigilias enlutadas,
mi ternura impaciente indaga
la pobre realidad de mi secreto."

XIX

Más allá del dintel del arco romano del salón
que se pierde entre sombras,
la figura del Tetrarca se ensancha en su avidez sombría;
con su semblante agrietado
por las líneas lascivas que muerden su apetito
y con la voz que retumba al invocar el nombre de ella
que vislumbra un tiempo,

la llama con la ansiedad impotente de niño
perdido en el camino al lecho
y sus manos se apretan con la rabia
que se distiende entre sus agitaciones;
ella se apresta solícita a competir con los ojos de la madre
que adusta en una esquina muerde
el momento del anatema con su rabia;
la cítara se mece con sonidos de plata de ajorcas y laúdes,
una vez más la desnudez se ensancha
al compás de antorchas y de humo,
y las sinuosidades se mecen histéricas
de promesas prestas para el alba,
pero la madre llora en silencio mesándose el cabello.
El Tetrarca solícito bosqueja la figura
que se mueve en el aire,
y con la voz herida por el vino, ensanchando el sonido
eufórico le grita:
"¡Danza! sólo para mi, danza desnuda,
y deja que la luz de mis ojos
se muera en este breve instante que me queda,
que agonize en los montes de tu pecho y entre las
perfecciones de tus muslos".

XX

"Danza mi amor y que tus líneas me arropen
con su delirio inexplorado;
esa figura frágil de alabastro
coronada con ónix que forja en mi sólo alucinaciones;
que estampa la inesperada incertidumbre en mi conciencia,
que se muestra inaccesible
en la inagotable tardanza que ruge en mi miseria,
que sea ahora el cúmulo de un incendio
en el eclipse que ha llenado mi alma.

Que mis ojos
no tengan descanso contemplando tu sombra
que brilla ahora en mi camino,
que mis dedos se quemen en la caricia suave y enervante
del nácar que germina lúbricos deseos,
y que me sangren los labios
al libar el néctar incoloro de la sal de tu cuerpo.

Danza mi amor,
sólo para mi danza arropada con las alas del viento,
y que la noche se muera enraizada en las horas
de la unión de tu cuerpo con mi cuerpo,
que me importa que los dioses
con su envidia pregonen mi incesto,
quiero hacerte el amor que mi espada está lista
y cortaré los cuellos de todos los que crucen mi destierro.
Baila conmigo amor esta noche
en el lecho nupcial que está desierto."

XXI

La noche se parte al reflejo de los rayos de la luna,
el viento susurra
en el oído de ramas y ventanas que adornan
la intemperie de las calles de arena,
más allá de las horas del Jordán
y de las concentraciones de esperanzas,
un hombre más,
cuenta el silencio de sus dedos tratando de encontrar una respuesta,
¿Cuánto hace ya que espera en la sombra de la noche?
el tiempo se ha escurrido lentamente
de sus ojos sin sueño,
y en las esquinas de su caudal de las especulaciones
los celos esquilan con ruido contundente la mansedumbre
de su alma de niño,
quizá ella arrepentida de la entrega de su amor pagano
esquiva el permanente sacrificio
que él en su espíritu confuso
atesora para ella,
¿dónde está su presencia?
una palabra más es todo lo que pide,
mirar los ojos que inflamaron la tarde del encuentro,
refugiarse otra vez en el fuerte
donde dejó la castidad perdida,
y entonces morir en el finito ritual de lo indeleble.

XXII

Pero su noche no escucha plegarias ni apariencias extrañas
que se ensañan en su pensamiento rotativo,
y las luces del alba sorprenden las hendiduras
de su rostro lleno de amarguras.
En el palacio,
el Tetrarca se lleva en sus brazos los gritos desaforados
con súplicas ilusas e inermes
por el retazo de luna que se enajena en la tiniebla,
y las gotas de rocío retoñan anhelantes
en medio de blasfemias.

Salomé despertó con el peso de las barbas del Tetrarca
encima de su cuerpo
embarradas de vino y de sexo
que roncaban con estridencia de borracho dormido,
y ella con el silencio de sus ojos y sus labios
que llenaban la mañana;
pensativa soñaba en la sombra del azul
que una vez se durmiera en su pecho.

Es tarde para soñar en los espectros
que transitaron el pasado,
la degradación moral
que aprieta el alma en el incesto cometido
como un presente inaudito
que decapita el amor de la madre
y la confrontación terrible con el Tetrarca cuando sobrio
reclame la ausencia de la virtud que enardeció el otoño.

XXIII

"¿Cómo escapar del porvenir marcado por mi tiempo?
su presagio se manifiesta en las razones del hoy que tañe
con su sonido de dolor inefable en mi arrepentimiento;
imagino la realidad de mañana
con su presencia irrevocable cincelando
plenitudes obscuras que agobian y llenan de pétalos
mustios los labios ausentes de palabras que no encuentran
una excusa razonable de el porqué de las cosas.
¿Y que haré entonces en ese instante
cuando la rabia de mi madre razone su pensamiento
con palabras incoloras?
¿o cuándo el Tetrarca escuche mis razones
sin sentido tratando de explicar una mentira?
Anoche apretó mi cintura con sus brazos de fuego
y poniéndome en sus hombros
buscó el camino del lecho,
su risa con estridencias de trueno retumbaba
en los ámbitos rotos de mi alma,
su espera de la pureza retoñaba en sus ojos
a cada instante,
me tendió en el lecho
con una destreza de combatiente inusitado
y con la desesperación de la tormenta se estrelló contra mi
pecho con la violencia del mar contra el acantilado,
embriagado de amor y de vino buscaba
el dolor en mis ojos,
en silencio me llenó de sexo y caricias hasta llegar el alba
y entonces se durmió en mis brazos
como si fuera un niño".

XXIV

"El augurio frío de incesto se coló
en las esquinas de la noche,
allá a lo lejos del salón
mi madre quedó arropada en sollozos amarillos,
mientras que yo teñida de un deseo extraño me dejé llevar
en silencio
por el camino de sus manos que aprisionaban mis muslos,
en la obscuridad el cabello me cubría el rostro
imaginaba en mi impaciencia sentir las manos azuladas
del bautista que se enraizaban en mis líneas,
que era él que en su euforia descubría senderos inauditos
que rompían caudales de inocencia,
que sus ojos en llamas alumbraban el camino que conducía
a la comunión total de nuestras almas,
en donde epitalamios descubrirían sus notas celestes
sólo para los dos,
en donde sus labios se mancharían
con la saliva de mi boca,
mi cuerpo, la hierba en la cual el se dormiría
sin que la incertidumbre
llene su alma,
y me dejé llevar sin que mis ojos derramen una lágrima,
sin que mis manos arranquen retazos de los ojos,
¿pero que hacer?
si rehusar el amor maldito del Tetrarca
era encontrar la muerte
en el filo de su espada."

XXV

"Ahora, sólo el silencio llena el ámbito del dolor
que se duerme en la sangre,
la castidad de los sueños ha sido interrumpida
por la efímera realidad que asoló mi existencia,
un encuentro más con él es lo que pido
en la tardanza de la realización mía,
un encuentro más,
y entonces,
le entregaría sólo a él la virginidad
que se encuentra escondida en mi alma,
la virtud que se simula indigna en mis sueños de puber,
la pureza de mi pensamiento
que pretende la puerilidad de las cosas,
la castidad de mis ojos que se enredarían en los suyos
para arrancar un retazo de su angustia y así yo poder
aprisionar el tiempo de inocencia que nos queda.
¿Pero cómo escapar a su encuentro si la maldición florece
en el umbral de todo lo que me rodea?
¿cómo encontrarlo en medio de la pureza
que encierran sus pisadas?
¿cómo acercarme a él y enredar mis brazos
a su cuello sagrado?
El escarnio de mi estirpe arranca
las voces de las multitudes,
sus peces llenan los rincones de mi rostro,
el índice de sus manos me señalan con palabras
que se entierran dolorosas en los rincones
de mi pensamiento,
y siento los latidos de sus almas eternizarse en mi en horas del día y de la noche."

XXVI

"La mañana envejece al ritmo de la soledad inextricable
que ha invadido mi existencia,
una inefable ansiedad de despojar de mi
el retazo de tiempo
que ha llenado de iniquidad mi cuerpo,
Y miro a mi madre en esa esquina
que se envuelve en sollozos,
que clava en mi sus ojos,
y su voz como luz musical me llena los oídos:
"Tú que has bebido el almíbar
en la fuente inagotable de mis senos,
que aprendiste a esperar a mi ternura,
¿yo que soñe con tu dulzura cómo has podido sembrar
en mi sólo amargura?
tú has encendido el fuego de su pecho y el ya no mirará
más a mi veste,
sólo tu cuerpo enervara su sexo,
sus manos no buscarán más mi seno ardiente ni sus dedos
enredaran más mis cabellos,
mis ojos no se cerraran más con sus besos ni su cuerpo
buscará mi lecho,
sólo serás tú con tu figura bailando al ritmo de su aliento
que brillarás como estrella en el poniente
en medio de la noche de su sexo,
mientras que yo seré la luna
con su hielo que seguirá dando luz a su existencia,
brillando siempre pero solitaria."

XXVII

"Quiero gritar de rabia,
ponerme en su camino,
y entonces llorarle de rodillas,
implorarle que calme el desvarío que lo agobia,
que yo alcanzaré las estrellas
en el cielo para ponerlas al alcance de sus manos,
Pero es inútil,
él ya no escucharía y con su espada me cortaría el cuello.
¡Oh! dioses del Olimpo,
¿qué puedo hacer para cambiar este camino?
El día quema con su sol ardiente
y las noches se me harán más largas,
cada hora que pasa es una aguja que penetra
con más dolor mi pecho y el alma se siente desolada,
cómo haré para tornar su hielo en la miel que endulce mi amargura,
y entonces sus brazos me estrechen con ternura
que así la noche será corta como otrora,
en que enredados mirábamos llegar la luz del alba.
¡Tú! Salomé que has hecho un campo yerto de mi sino
has sembrado la hiel que retoña en mi pecho,
y así cambiare yo tu destino
apagando de un soplo
cada rayo de amor que anide allí en tu lecho."

XXVIII

"El silencio ha llenado los labios de mi madre y los míos,
¿cómo decirle en su angustia que yo no aprendí de ella lo
que ella me enseñaba?
que recuerdo de ella que en horas de la tarde,
buscaba el refugio de los brazos del Tetrarca
que a solas en su lecho se dormía,
o que en las noches de mi llanto de niña,
ella furtiva buscaba el calor de los ojos
hambrientos de soldados;
o que enseñando su cuerpo desnudo con su pecho erecto
entregaba como holocausto su amor fresco,
y gritando al ritmo de su espasmo
su cadera se henchía de pecado,
¿cuántas veces la vi con mi llanto entrecortado
bañarse con el vino, y al compás de laúdes, los soldados
beber las gotas que lentas destilaban de su cuerpo
con gritos que se perdían en la noche?
¿cómo decirle a ella
que nunca supe a quien pude llamar padre,
o que perdone ahora el desvarío que no atañe a mi culpa?
Pero yo se que es imposible razonar con el viento
y escucharé su dolor que tañe en mi conciencia."

XXIX

El Tetrarca abrió los ojos cansados de la noche de vigilia,
con sus manos rugosas buscó en el lecho
el recuerdo de la noche de incesto,
su voz enronquecida se distendió
en los ámbitos desnudos del palacio,
y el nombre de Salomé retumbo
como trueno en los rincones,
ella presurosa midió con sus ojos, las lágrimas
y la voz de su madre
y corrió en busca del trueno y del espanto
que sentado al filo de la cama
fijaba sus amenazantes ojos en la frágil figura
que solícita y sonriente
se acercaba a su lado;
la voz insolente del Tetrarca
rasgó las líneas llorosas de los ojos
asolando los últimos retazos de la escasa conciencia
que Salomé tenía:
"¿Cuál es la excusa de la virginidad perdida?
Yo soy el absoluto en esta tierra,
tu castidad tenía que ser ofrendada para mi solamente,
¿y que encuentro? el escarnio encerrado en tu cuerpo
quien sabe desde cuando;
¿cuántos han caminado tu existencia abominable?
quiero saber quien se marchó llevándose
aquello que otorgaste sin ser tuyo,
lo que mis ojos miraban con la codicia de mi otoño,
dime la verdad para calmar mi angustia
en este aciago instante que te queda."

XXX

Los retazos de pensamiento se filtran en la tarde
que cine la existencia de Salomé,
¿Qué puede argumentar?
Todo aquello que diga sonara tan extraño,
Los ojos puros del amado retoñan
una vez más entre sus ojos,
siente la blancura de su piel quemar entre sus muslos,
la voz dulce se enreda
en quejidos al compás de sus latidos,
siente la presencia de él como raíz ardiente
que aguza el desafío,
Y encara a su señor,
No con ojos llorosos pero dos estrellas de ónix
que eruptan el fuego del infierno,
con los dedos crispados como diez puñales,
erecta en su escasa estatura
como queriendo alcanzar con su frente
el azul que va dejando nubarrones manchados de cenizas:
"Señor, dueño de mi, tú eres, de mi vida,
dispón de ella si te place,
¿pero cómo puedes disponer de mis sueños?
me has obligado a entregarte mi cuerpo
y así ofendí a mi madre,
¿pero cómo puedes controlar mi pensamiento?
Iré contigo en tu camino aciago como el mío,
compartiré tu lecho que no puedo negarme,
seré tu sombra si así tú lo prefieres,
pero señor, no me impongas la exigencia que te ame."

XXXI

Afuera del palacio vetusto un hombre grita la certidumbre
de sus tribulaciones,
el sol muerde la arena calcinada que ampolla los pies
desnudos del bautista,
la muchedumbre que asola las esquinas se reparte
inclemente los epítetos que se pregonan en voz alta,
el Tetrarca se acerca al balcón y sus ojos de fuego retoñan
el pavor que baña la turba agolpada frente a su puerta;
"¡Qué muera Herodiada, que muera! y el grito rompe
el ámbito de fuego que llena la tarde."
Ella es el pecado que camina entre la muchedumbre,
un ejemplo de contaminación para todas las mujeres,
la lascivia hay que castigarla con la muerte,
hay que buscar los guijarros
para destruir el adulterio que adorna su existencia,
y las manos del bautista levantadas al cielo
imprecando la decisión de las masas,
mientras que Salomé solloza en un rincón de líneas
de la historia.

XXXII

Los soldados dispersan la multitud
que asola la tarde tenebrosa,
los gritos se van adelgazando
con ademanes de misericordia,
la coherencia primitiva de los prosélitos anhelantes
de impulsar un castigo
desaparece con el canto de espadas y epítetos obscuros;
conmutación a la hipocondría que ejerce
el brío de los catequizadores
que se esparcen a lo largo de la arena,
y el río y las nubes
que continúan esparciendo impresiones imparciales.
Sólo un hombre detiene la ansiedad
de escapar de los soldados,
un estandarte humano que iza sus interrogaciones
frente al balcón
en el cual impera los ojos de la rabia,
donde la agonía se cierne
en la forma sutil de placer inmensurable,
él allí, mendigo permisivo de un mendrugo de la sonrisa
que engendró en su alma las vicisitudes,
líneas en las cuales se hundió abismado
en el rito epígono de ella,
y congelado en el fuego de la tarde
sus ojos se llenan con el resumen
de la igualdad que persiste
en el esbozo primigenio de las cosas.

XXXIII

Un alarido de dolor desgarra el ritmo de las horas
donde la muerte cercena
con su guadaña el último sueño del bautista,
la espada ensangrentada cuelga
en la mano del soldado jifero que con una sonrisa larga
mira el cráneo
de los cabellos de oro manchado de inocencia
que rueda lentamente desprendido del cuerpo inerme
que se duerme en la arena.
El Tetrarca impasible mira correr las nubes
que van dejando parches viscosos
efímeros de la virtud y vehemencia del efebo.
La impureza parcial del bautista ha sido castigada
con las tinieblas de la muerte.
El terror pinta los ojos de Salomé
que loca de angustia corre hacia los brazos
inermes que una vez solamente, enredaron
con la pasión febril su talle,
los dedos de él aún tibios se los lleva a su rostro
tratando de secar con ellos
las lágrimas que ruedan incesantes,
y mira la cabeza amputada en el cuello con los rizos
dorados que se mueven al ritmo de una brisa suave
que sopla en la plaza llena de soldados,
la toma entre sus manos,
la aprieta a su pecho y sus labios se pierden en la boca
donde las palabras se han extinguido para siempre.

XXXIV

Salomé mira al Tetrarca
que al filo del balcón desplaza una sonrisa vaga;
con la rabia que desgarra sus entrañas, grita:
"Y ahora,
tú que has pensado que me privarías del profeta que enervó mi ensueño,
recogeré su rostro que así yo jugaré con su cabello,
y esa cabeza amada descansará cerca de mi seno,
irá donde yo vaya, será mi compañero,
en las horas del alba mis ojos buscaran sus ojos,
mis labios buscaran su rostro
demacrado por noches de vigilias,
y pensaré en sus manos que aun juegan con mi pecho,
soñare que al filo de la tarde caminamos al río
envueltos en el polvo de estrellas,
sucios de amor, de besos,
y el viento cantando epitalamios,
y en mi ensueño veré en medio de las aguas,
su desnudez brillar con los rayos del sol
que se duerme a lo lejos,
que yo cubierta sólo con el viento,
cuento y recuento las líneas de su cuerpo,
y al filo de la noche allí en la playa,
bailaré para él,
y entonaré canciones para arrullar su sueño,
Así yo vivire con mi locura,
que amé una sola vez con toda mi ternura,
y ahora sólo me ha quedado
un llanto de dolor y de cansancio."

XXXV

Que suenen las trompetas y lloren los címbalos,
que griten los clarines que ya ha muerto el profeta,
y el eco de su voz sea
una nota acorde en todas las ciudades,
a través de los valles que se escuche
el gemido de árboles y el llanto de las almas,
que los tambores clamen su nombre en las horas del alba,
y los hombres se cubran la frente con ceniza.
Que de su rostro pálido y de su verbo ardiente,
de sus quejas amargas o de su paso alado
sólo queda el recuerdo.
El profeta ya ha muerto.

HUELLAS

DE

ARENA

Los pensamientos que se reflejan en la vida del hombre siempre son duales, una reflexión de tiempo y espacio que es quizá un concepto tradicional, un postulado filosófico de un tiempo subjetivo en una realidad ambigua, en la que la búsqueda positiva de la congruencia de las cosas es sólo un reflejo, un espejismo en lo absurdo de una vida que tiene un fin irrefutable.

El hombre como un grano de arena en un vasto desierto que es la existencia misma, siempre en busca de un lugar en el laberinto de las cosas inexistentes va dejando su huella temporal en el camino de su vida.

- V.G.M.

Amigo Malta,

Sin duda estos poemas son mucho más interesantes que "los de antes." Creo que con ese ojo nuevo que tendrá Ud., en unas semanas, deberá experimentar más, y más a fondo, por este derrotero.

Todo verso es un misterio que procura el Misterio. Hacia allá hay que encaminar la mirada.

Un abrazo de

                        José Kozer
                        1 dic. 96 NY

LIBRO

PRIMERO

Inmensidad nefasta la tristeza de los hombres,
y sus palabras,
un abismo insondable de silencios.

1

Nuestros caminos son los mismos,
anchas avenidas cargadas de silencio
y la gente que marcha
apurada a su destino,
el asfalto con hombres mas viejos que otros o más jóvenes,
siempre ricos en pensamientos
cargados de emociones intensas,
y ausentes de posibilidades,
con imaginarias conveniencias que se yuxtaponen
con la incongruencia del tiempo,
caminan graciosamente con la última palabra de la moda,
y juzgan el valor de la existencia con palabras absurdas;
consideran el silencio de los otros como la sabiduría,
y engendran ilusiones ajenas
con la esperanza de un cambio
en las rutas paralelas que circundan las horas.
Y así, nuestros caminos empedrados con lápidas
nos llevan de la mano diariamente.

2

He caminado por muchas ciudades que cruzaban
las líneas geográficas del mundo,
encontré ojos de todos los colores que me miraron
con la extrañeza de lo desconocido,
y yo sorprendido hice la evaluación
de sus gestos incongruentes;
con el rostro muy serio,
mi cansancio demostró la indiferencia de sus evaluaciones;
extraño entre los extraños,
hablando una lengua
que era extraña a los sonidos guturales
de otras lenguas,
y la elocuencia del silencio mutuo intercambiaba la frialdad
de nuestros pensamientos;
y total, ¿para qué?
si al final de la jornada no quedó ni siquiera un recuerdo
de ese encuentro
fugaz que una tarde entristeció mis pasos.

3

Un día mas o dos que importa,
si ahora estas allí agotando una presencia equivocada
buscando una razón
de por que tienes que ser tan diferente,
o la causa del color de las manos o del rostro
y por qué tu existencia sigue en las cumbres de los holas.
¿Para qué buscar sombras en espejos
si lirios florecen en tu idea?
El huracán se mueve en tus músculos de herrumbre
y un mundo de ópalos marchitos
o de ajenjo no puede decantar victoria,
que el camino que vomita mendrugos y exalta demociones
no será el sudario que besa las arenas.
y así tus ojos en estuches de obsidiana
no encuentran la saliva
para borrar ahora la fábula del tiempo.

4

Caminos llenos de guijarros
que ensanchan las líneas de la historia,
libros de todos los colores que arañan las repisas,
librarios que lo conocen
todo sin haber aprendido un abecedario;
tardes con polvo de silencios rotos
y la arena del tiempo llenando los resquicios del espacio;
Tu sombra que se alarga en las playas candentes,
un cling-clan de cadenas enrolladas,
látigos de mercenarios zizagueando en el aire
escribiendo en la espalda un numero de sangre,
allí la muerte con su guadaña azul cosechando la tarde,
mientras que en la distancia,
la tierra con su vómito verde,
el grito destemplado de palomas,
y los peces como canes rabiosos aullándole a la naves.
Todo quedó muy lejos, allí donde el graznido se confunde
con la risa de hienas y llanto de elefantes,
todo quedó borroso en la acuarela silenciosa de un tiempo
memorizado en las bancas de la escuela,
todo, todo, todo,
aunque las almas gritan
todavía en el vientre de los barcos.

5

Ahora miras las tardes siempre marcadas
con el mismo color del pensamiento de otros,
engañado por lenguas extrañas que con nefarios besos
te llenaron la frente con espinas,
una corona roja
que se apreta aun más con el color del cielo,
un cielo en que navegan a paso apresurado,
santos que no te fueron presentados,
santos muy ocupados para dedicar su tiempo
en milagros pequeños.
pero que se acercaron para mirarte
por el ojo de una cerradura,
y que llenos de pavor al mirar la noche de tu cuerpo
se encerraron en sus corazones de tedio
y en semanas inventadas por unos calendarios,
aunque tus labios necios siguen preñados de plegarias.
Y así sigues soñando con el murmullo de hojas amarillas,
con las orquídeas negras, pero que ahora adornan
los pechos exuberantes de unas damas,
tus ojos rotos miran
en los colores mudos de una televisión
la estela sutil de los tigres
que maullan buscando tu presencia,
o las gacelas ufanas que enamoran el golpe de tambores.

6

Escuchas con manos temblorosas un silencio cargado
de voces tan gastadas,
música de familia, de amigos, de mujeres,
y la sonrisa de ellas, revoloteando
como pájaro en tu mano.
Ahora ves
en los espejos y vidrieras de las calles que caminas
la sombras agolpadas de tus pensamientos
que al compás de estridencias de motores aúllan
como ríos enfermos,
se desplazan con violencia,
desesperados para llegar pronto
a conclusiones de paredes incompletas.
Es esto, todo esto, indiferencia incansable de los parches
que te azotan los ojos,
y escarbas deseperadamente buscando
en tu historia milenaria,
una línea, una sola línea, que redima el dolor dormido.
Pero es inútil,
te cansas de mirar al cielo
con sus nubes del sol de mediodía,
o el rocío que se marcha en los trenes al levantarse el alba,
de escuchar al asfalto su llanto de nieve,
de navidades con cristos ajenos
encerrados en cajas musicales.
Así tu noche; y mas allá un firmamento, estrellas,
solo estrellas.

7

En los umbrales de los días sin término
quisiste detener el tic-tac de la arena calcinante,
tocar con tus ojos la soledad del sol en los acantilados,
pero la inmoralidad de unos dioses
sin conciencia te mostraron
sus dientes rojos y amarillos,
y celebraron nupcias con los ladrones de las almas.
tu espalda lloró ampollas de sangre entre los riscos.
y la angustia de la sed
se impuso en tu boca dormida de gritar
palabras que no tenían raíces en una lengua extraña.
¿Y cómo competir contra serpientes
que se ríen y emponzoñan el alma?
No queda nada, los ojos se marchitaron
con la agonía del músculo,
las uñas se enterraron en las palmas de las manos,
sólo los gritos de agonía
que se ensañaban en la tarde dormida
cuando los caminos se repartieron los escombros.
Hace ya tantos siglos
que las arenas no dejaron su huella
en la conciencia de los hombres.

8

Playas de viento, de olas y saliva de peces,
el paso rompe el ritmo de la arena
el alma llora rocíos de obsidiana
y la sombra se proyecta en líneas largas;
la muerte con su túnica tejida de paciencia
y horas descarnadas,
sonríe con su guadaña y sus ojos vacíos,
espera, sólo espera.
Y el mundo verde
de caimanes, de pájaros, de elefantes, de gacelas
y mares sin carcomas,
mira a lo lejos
barcos de vela de barrigas inmensas
que bailan de contento encima de las olas,
esperando el momento de encadenar
en sus pechos de mugre
a la libertad y a la angustia que duermen en la selva.

9

Allá en ese tiempo de lunas de estrellas de sangres
de playas de cadenas,
una noche de brazos membranosos te arropó
con su sábana,
los peces aun cuentan el paso de tu angustia.
Así las horas pasan
como recolecciones de cosas ya gastadas
con sus espinas que atraviesan los ojos
o como un cúmulo de arena fría en las pupilas,
con las inevitables sonrisas desconfiadas
en caminos solitarios,
con una carga anónima escrita con cenizas en la frente,
y la saliva corroída que llena las paredes de los "ghettos"

Condenado a ser el extraño
que camina en las líneas del mundo,
condenado a adorar a otros dioses,
condenado a ser olvidado de los mañanas naturales,
condenado a ser una sombra
que se desplaza en los silencios,
¡condenado! ¡Condenado! ¡Condenado!

10

Camina con tu rostro erguido y toca con la pupila
de tus ojos las ramas de las nubes obscuras,
las heredastes cuando los hombres
que esclavizan al hombre
te obligaron a derramar elefantes
en las rutas del calor dormido,
se robaron el lenguaje de los pájaros
para inventar un pentagrama para pianos
que lloran en los bares.
Entonces las madres, las hermanas, y los viejos,
se bañaron en salivas manchadas de plegarias,
esas salivas eran ríos
que ensuciaban las manos de los dioses,
que cansados de jugar a las cartas se habían dormido
impasibles al dolor de la arena,
impasibles.
El llanto derramado
por las madres cubrió la rosa de los vientos,
llenó las grietas de la tierra,
llenó los huecos
donde tus huesos ahora meditan el por qué de las cosas.
Esas nubes obscuras son tuyas, sólo tuyas,
son la sábanas que te llenan la boca;
aunque los gritos se escuchen mas allá de los polos.
o que retumben en las brisas
que se deslizan los fines de semana,
es igual, la amargura se escurre en la garganta.

LIBRO

SEGUNDO

*He visto las imágenes del hombre
arropado con una angustia inefable
y no pude discernir el color de su conciencia.*

11

Y pidió la palabra:
Con la voz enronquecida ensayó un taladro en el ámbito
de las paredes.
El ruido fantasmal de los siglos acumulados en el vientre
de las sombras doloridas
apresuró el paso en el asfalto,
se aglomeró en los extramuros del suburbio
en donde el tigre y el elefante
se enfrentaban con los candados
herrumbrosos que violaban los horizontes
de las líneas del conglomerado,
donde los oídos con fiebres de wisky
y el peso de medallas de oro y plata
colgaban en las armaduras
que se secaban en los jardines y balcones,
y llenaban con silencios las calles del asfalto al mediodía.
Así el corazón una vez más se tornó a llorar
por esa imprecisa soledad de los ojos.
Y la palabra una vez más había muerto
en un suburbio de lámparas obscuras.
El ceño adusto de la angustia llenó otra vez
el clamor de luz violeta,
y los dedos de la nieve estrujaron
el corazón de la orquídea.

12

¿Para qué buscar en medio de la inmensidad de los sueños
si el tiempo se ha derramado como sangre,
o si las hojas se han teñido con el dolor de los pájaros,
o los ríos llenan las lágrimas de todos los peces?
Así es,
los cristales obscuros están rotos en mil gotas de ampollas
y las miradas han sido derrocadas,
encerradas en roperos;
mientras que afuera el viento se duerme en las mortajas.
Ayer, en un tiempo tenebroso la sal de la tierra
y la luz de las olas
solícitas lamieron las barrigas dormidas de los barcos.
Todo es ceniza en las líneas amargas del ahora
donde el pecho se contenta con raíces extrañas:
Una televisión en blanco y negro,
cupones transitorios de comida
que desplegan una sonrisa ufana,
y para calmar la sed un sorbo de vinagre.
Es una cruz marchita que ronda la noche de las almas.

13

Humanidad presente con sangre de la savia:
Las hojas aún no están marchitas en el seno del invierno,
aunque los cumpleaños se han llenado
de fábulas presentes y fábulas futuras.
Sueños indiferentes que con promesas falsas
melancólicamente acompañan las nubes al ocaso.
Y estas allí,
en donde el horizonte agorero se acuesta a tu lado,
se agosta en tu penúltimo ensueño,
y todo se confunde en el camino arrogante de la espera.
Pero a pesar de todo eso
tu canción se enrosca
con pasos de lamento en el alma de un piano,
o el clarinete abre los ojos en las madrugadas,
sólo el violín con su cansancio se duerme en las esferas.
Ya ves que todo tiene sus formas en el espacio sin tiempo,
hasta la cruz sin clavos que adorna la caja de los muertos.

14

Y ellos te dieron un nombre con ahínco:
Fue la acuarela de un pensamiento a imitación
de un libro religioso
y entonces tu sonrisa partió tus labios,
esos espectros de un abecedario incomprensible eran sólo
una letanía de palabras
esbozando la caricia de un lenguaje.
Te perdiste en las sombras de un algodón ajeno
mirando los vericuetos de un tiempo
que se dormía en los brazos
de días sin descanso.
Trabajo, sólo trabajo,
la sangre descolorida rodaba como un río por tus ojos.
No trates de arrancar tus sueños
embebidos en surcos de piedras milenarias,
imitando a la sombra,
el sol cansado se ausentó de la tarde
y del riachuelo de tu alma
que buscaba una desembocadura.
Es inútil,
porque las noches de luna, fogatas y arena,
epitalamios perdidos para siempre,
se escaparon en las huellas de sangre de una playa.

15

No sientas tristeza
de los gritos inconsolables de los pájaros,
pero si de las distancias imprecisas
de tus mañanas naturales.
El mundo real te ha condenado
a ser la sombra de las horas
que se durmieron en las solicitudes,
a ser la contradicción razonable
en los argumentos de domingos,
o a caminar entre sermones de una iglesia
que desconfía tu inocencia.
Erguido mira los ángulos de espejos cansados
de reflejar la imagen diferente,
es una angustia de ser la soledad en un desierto
manchado por la indiferencia,
Sin alguna razón la lluvia entreteje
un cuento de humedades,
y la lengua se llena de plegarias sombrías
buscando siempre una respuesta
a las preguntas que no se hacen.
Las sombras se desplazan
en la garganta seca por el hambre,
y sólo son los ojos con tinieblas
que sonríen a una luz fosforescente
en los rincones de calles empolvadas de asfalto;
es allí donde los sueños se amontonan y se contaminan
con el vino gitano.

16

Después de que todas las cosas llegaron para llenar el día,
tu sombra se presentó con colores de angustia.
Eres un círculo
donde los vértices convergen en una lengua extraña,
donde el frío llena los estandartes
y las banderas arropan a los sueños;
allí la soledad es parte del amor de las madres,
pero tu música se pierde
entre gritos de pianos desafinados,
con saxofones tristes
que llenan las quimeras de hombres y mujeres
con agujas enterradas a los ojos de azabache.
Todas las cosas siempre van llenando espacios,
pero las tuyas herrumbrosas siguen retardadas
en el tiempo de tortugas,
quizá se presenten angustiadas por tardanzas inconclusas
y tú con tu cansancio las tomes de la mano
y les digas solamente hola
pero el tiempo se va dejando puertas
entornadas con cintas negras,
se escurre por el ojo de las cerraduras,
y así te encuentras tomado de la mano de las fábulas.
La vida es perseguida
por el sol, el viento, los pájaros, la noche,
pero las sombras siguen enseñoreadas en tu dormitorio.

17

El rumor de tu presencia ha llenado los espacios,
todos caminan mirando los verticales
por donde se desplazan tus sonrisas,
pero bocas con los labios henchidos musitan un silencio
que les llena el pensamiento;
¿y qué importa?
Tu estás allí desenvuelto en el vientre de la tarde
contando los eslabones que un día aterraron a los abuelos,
enseñándole a los caracoles las mordidas del látigo
en los muslos antiguos,
sonriendole a los peces que aun lloran,
mirando desde un banco las hojas multicolores
del estío de tu vida.
No pienses que se va haciendo tarde
porque las horas se miden con relojes de arena
o porque el dolor desfile ante tus ojos,
piensa en la inmensidad de la ciencia de las cosas
aunque estés enmarcado en un tiempo definido de existencia
notarás que todos los presentes caminan al pasado;
antes, después, o ahora,
los árboles llenan con su verdor el tiempo
y así aprenderás a amar el color de esas hojas.

18

En esos siglos que se contaron con las manos del mundo
cuando unas barrigas inmensas
como espacios de caudales secretos
encerraron la sangre,
allí el aliento de las cadenas
con dientes y ratas mercenarias
tomadas de la mano de la muerte roían las horas,
y fue así que dejaste tantas cosas
que se ahogaron en el camino de los mares:
Tu lenguaje agreste pero sutil y milenario,
gritos del sol y nubes de las mañanas en tus playas,
el canto ensordecedor de los pájaros
en las horas de las tarde,
y las ondas del río
que escondía la inocencia de las mujeres y los niños;
los ojos de una mujer susurrando amor
en noches colmadas con estrellas,
y el murmullo transparente de las hojas
con el beso de la lluvia.
Todo quedó encerrado
en vericuetos indiferentes de estelas marginadas,
Ayer, hace ya tanto tiempo de libertad
escondida en líneas de la mano.

19

¿Se debiera decir
entonces que las solicitudes han sido procesadas?
¿o se tiene que decir que la conciencia de los hombres
ha sido mutilada
por archivos empolvados en oficinas cansadas?
No lo se, pero los escombros de raíces pintadas con arena
son como un miraje de sombras
que asedian incansables las esquinas.
No, no creo que el color de una ausencia se haya gastado,
lo que pasa es que todas las miradas se enredan
entre los caracoles,
y entonces las páginas se vuelven amarillas,
las horas se llenan de estériles sonrisas;
y la rabia en su viscosidad se vuelve silenciosa.
Afuera, las aves se llenan de graznidos,
las sombras torpes de tigres y elefantes
envueltas en mendrugos
dejan que la tarde se llene de hojarascas,
para que el monstruo torpe de la espera quizá agotado
despierte de su mórbido letargo.
pero la fiebre que cubre la indiferencia de la tierra,
te llena el corazón,
y abatido por la nieve
que despiadadamente te enfría la garganta
musitaras cauteloso:¡otra tortura más! ¡qué importa!

20

Mientras tanto que los días despiertan de su asombro
se camina en los rumbos destartalados
de rayuelas pintadas en paredes
masticando las horas apagadas de jardines inconclusos
con la corona ajena de las espinas que llagan la frente
y los clavos sin punta que se entierran en el alma.
Se camina con pasos iracundos
aplastando la nieve en los umbrales,
con el pensamiento
que se acostumbra al quizá de las horas venideras
se reparte el ensueño de la miel
que se derrama en las manos.
Así una vez más se sigue soñando con esferas
mientras los triángulos con sus vértices aprisionan los ojos
y las manos alzadas manotean la espuma de la sal que se
enreda en la lengua.
Los relojes se cansan de esperar,
los pájaros vuelan
dejando en el camino las manchas de su paso
y el silencio condena la herrumbre de los sueños.
Así, solo, en un mundo neutro
contando abalorios de colores,
y mirándose en espejos cansados
de reflejar un paisaje oprimido.
Allá afuera, el indulto de las tautologías se interpola
en rascacielos.

21

El llamó a todas las puertas sin precisar una pregunta
pero los timbres se escondieron
entre sonrisas de ventanas,
afuera el viento procesaba las luces de colores
que con prismas inciertos adornaban los árboles;
alguien le dijo que era una noche de paz
en que todas las veces
cansados de gritar un nombre vano,
se dormían en brazos religiosos de quimeras
de dos mil años de historia,
y sus ojos cargados de asombro
por algo que nunca se aprende cuando se tiene hambre,
miraron la angustia que se retorcía
en las curvas de su lengua.
Más allá, en un horizonte de un retazo de la luna,
los hilos de las nubes tejían telarañas en los ojos.

22

Los caminos de su vida están siempre llenos
de cardos y de espinas,
allí las huellas de sus manos
están manchadas de incondicionales
y de incongruencias
que le llenan el alma con el letargo de los caracoles.
Se desplaza sobre las agujas del hambre clavadas
en su pecho obscuro
con pensamientos de ilusiones prestadas
con intereses de fábulas
en un ambiente de paredes pintadas con plomo.
Arriba las goteras del cielo se confunden
con los televisores,
y todo duerme en ámbitos
de lunas rotas de botellas vacías y cupones,
en hoteles presumidos, pintados
con colores de unas horas ausentes de mañanas,
con escaleras que besan los dedos de los roedores,
y seres que sueñan sombras despeluznantes
de humo y polvo blanco.
Afuera, la ceniza sigue cayendo en la frente de la iglesia
y los niños preguntando: el porqué de las cosas.

23

Tú también eres el retazo de un presente divino
aunque habites en la sombra de las viscisitudes
o que tu apogeo se despliegue
por caminos cargados de olvido.
Las chispas desacomedidas
que engendran unos labios silenciosos
en el encuentro de los pedernales
es sólo un encierro voluntario de los ojos
cargados de azúcar
que se estancan en las fechas de las consideraciones,
y entierran sus puñales en medio de las plazas
donde las madres tomadas de la mano de los niños
con los ojos llorosos pregonan estandartes
de colores y estrellas.
Y pensar que
después de que todo está aun por descubrirse
tu tiempo de espejos
y de arena ha sido fracturado por la lengua,
tus veredas cansadas de pasos manchados con la nieve,
lloran asfalto en cloacas
y en camas mordidas por el hambre,
y los músculos vencidos por la espera
se agostan en las ramas cargadas con el hielo.

24

Considera lo que cuenta la pared despintada de tu casa,
taladro pensativo que horada el silencio de tu esfera;
los nombres llenan de letras conocidas
el umbral fatigado de tus calles
con rasgos de elocuencia o constancias de noche,
con vidrios de botellas,
cupones de comida o ansiedades ufanas.
Mira la ojera que circunda la estirpe de los niños,
es el residuo de todos los mendrugos
y paredes pintadas con plomo.
¿Cómo entrar en razones con la puerta
si allí en el umbral sólo espera la sombra
de lo que otros piensan?
Tu vida es un rincón de tiempo embalsamado
con el incienso ajeno que crece en escaleras,
es un mundo falaz
en el que el agua no vierte de los grifos,
y espuma de calambres que viven en familia.
El retoño de la sabiduría sólo llega a los labios desde lejos,
y tu dirás:
"Que importa, otro sueño perdido, otro lamento más,
si el problema es de siempre,
enseñoreado en ojos y mejillas."
Y sin embargo,
tu angustia busca enjambres dispersados
aunque la miel se escurrió hace tiempo entre otros dedos.

LIBRO

TERCERO

*La paz disfraza el hambre
pero los fusiles desentrañan
el color de la sombra.*

25

El calor muerde la lengua
el caldrum mece las mortajas en un brevaje absurdo
de melancolía solitaria.
Los pensamientos analizan la conciencia
tratando de encontrar los errores en blanco y negro,
pero son gritos de espanto de las moscas
enredadas en las telarañas de los dinteles de las puertas.
Las horas indiferentes en un baile de aquelarre
danzan furibundas en los charcos embriagados con lodo,
y las causas de los hombres rompen
la armonía de las geometrías,
con cañones, aviones y fusiles desesperados
que desafían con sus graznidos a palomas dolientes;
la tierra lame los ojos insepultos
que inundan con su llanto el cielo,
y entonces el león y las hormigas se disputan
la sangre de las arenas,
pero aún así el corazón que florece en lirios de colores
entona en el aire una música naciente,
mientras que sus manos de asfalto se ensanchan
en las miasmas
y llevan una bandera que crepita
en el penúltimo día de la historia.

26

La mañana se despierta
con los gritos de madres prematuras,
la tarde se mece con cantos de nanas enlutadas
el hambre lame los ojos marchitos de los niños.
En el silencio de las tortugas de un asfalto imaginario
las hormigas lloran la pérdida de escarabajos con fusiles.
Que importa el grito de todos los gusanos
si la venganza de la nieve
ha sido encaramada sobre los pechos,
o que las sombras naden en charcos de sal
mirando a lo lejos las playas de colores en el prisma
que reluce en los granos de arena,
o que los sueños de ónix se estremezcan
y cantan misereres.
Arriba, más arriba, sólo el vacío del azul y el blanco
que se mezcla en el sol,
que aquí el cañón ahora muerde latitudes
y ensancha las quimeras ajenas, y las palomas vestidas
con trajes de ceniza van cayendo avergonzadas.
El lino de la cúpula
se escabulle entre cuerdas de arpas dormidas
en los confesionarios,
mientras que el hambre de la arena se turba
en su lecho solitario,
allá a lo lejos los niños
con cuerdas y vocales rotas entonan salmos,
las mujeres preñadas de agonía
se abrazan a los féretros negros
pero oligarcas vestidos de pingüinos bailan valses
sobre colchones estilo de Luis XV.

27

La sombra de la tarde se desplaza en el vientre de la calle,
la dureza de las horas son pedernales nefastos
que sangran las arenas.
Un coronel grita a las esferas:
"Es importante haber ganado el llanto de otros niños."
"Es importante."
Las palomas ufanas se pasean en los parques
con trajes blancos recién lavados en las tintorerías,
pero las hienas ensanchan sus sonrisas
y los vendedores de parásitos vestidos de guadañas
con sus bolsillos llenos de aves de rapiña,
escamotean el pan que camina en las mesas escuálidas.
Las ametralladoras adornan aviones y camiones
y desbaratan con su eco los nidos de maestros en escuelas.
Sables montados a caballo atacan a las lenguas,
persiguen a la tinta de los diarios.
y los trigales con sus espigas rotas se duermen soñando
en las manos de niños y mujeres.
Los leones sonríen
pensando en abrigos para el próximo invierno,
pero a la sombra de jirafas sólo es sangre y saliva.
Allá en Wall Street,
las hojas de los árboles suben y bajan escaleras.

28

La muchedumbre de ópalos
relampaguean conmensurados a la presencia
en los límites verdaderos de demociones de arena
con síntomas de nausea en las contemplaciones
de las espinas con olor fresco de cementerios
y de herrumbres
que se tiñen de gritos
cansadas de contemplar
el vacío del corazón de los planetas.
Las campanas del domingo estrujan la garganta.
Los elevadores se escapan
en las angustias de calles y escritorios
a casas en suburbios con laureles.
Yo sé que allá en los límites fatigados y confusos
existen escuelas que se amasan día a día en bocas abiertas
de conserjes y de profesores
con el dolor de niños cansados de pupitres sin cucharas.
Esperar, sólo esperar
que las cosas presenten sus rostros de aleluyas.
Sólo ceniza en la frente, sólo eso,
que el reloj definido en la incongruencia sigue andando.

29

Yo sé que en los bolsillos del desván del mundo
existe un libro lleno de guijarros afilados,
y a los lados una cubierta amarilla
donde los cactus florecen sólo espinas
pintadas con agonías de pasos ya gastados.
Allí los ojos se cansan de leer los limites convexos
de las uñas de un reloj equivocado.
Una hora incontada
que se derrama en las cosas de la historia
con manchas de ancestrajes de savias, de arenas y de ónix,
Es un recuento de hordas de aves de rapiña
que infestaron las hojas
para asolar muchedumbres de pájaros dormidos.
Una secuencia de sonidos letales
que enredaron con cieno las ampollas,
entonces los cuellos temblaron en cubiertas de tambores
mientras que los eslabones ladraron agonías.
Más allá de las cosas
nubarrones de plata que besan escritorios
y oligarcas que mecen balances de escaleras.

LIBRO

CUARTO

*La vida sutil de los computadores
impregnando
preñeces en la conciencia del hombre.*

30

Caminar asombrado
de ser un contraste en los computadores
que compran almas, guerras, trenes,
o calles obscuras de cubiles
donde la contaminación exaspera los pulmones.
En esos nidos de números cerrados y confusos,
los ojos hambrientos de café miran al minutero
arrancar las líneas de la esfera
lentamente,
hasta que un timbre levanta su graznido,
entonces en las multitudes indiferentes
llueven pies, manos y ojos amontonados cautelosos
que vuelan en busca de mendrugos.
Son oleajes pegajosos de escritorios
con sillas dormidas de cansancio.
Así las manos angustiadas
se arropan día a día
con secuencia de costumbres y de ideales,
pero que son ajenos,
sólo para encontrar el asombro que se entierra en los ojos
como un escuálido semblante de papeles
que después de auscultar el corazón con mil preguntas,
sólo entrega un boleto para una línea larga de silencios,
en donde una encuesta vacía en porcentajes
sella anhelante el último y fugaz estéril sueño.

31

La mujer gorda
que se limpia las uñas detrás del escritorio,
es un gigante del juego de papeles inciertos
que se desplazan a la sombra de tus ojos.
Costumbres de la soledad de abecedarios y retratos,
de nombres marginados que se lamen los dedos
al retocarlos en la cuenca de los ojos de los computadores.
Extraño en la tierra de extraños.
Burocracia que se esconde por escaleras y escritorios
adornadas con símbolos
y señas de puentes amarrados al pasado.
Y el pulso de tu lengua
que llena rincones y paredes pintadas de blanco,
es un juego de juegos.
La impaciencia asombrada de un reloj
que se adorna con silencios
y la mujer gorda de la voz chillona detrás de tus esperas
te anuncia que todos tus secretos han sido embalsamados,
que un número infalible ha sido codificado,
y que ahora
descansa tu paciencia en márgenes hambrientos
de un pequeño disco,
que ya tienes tus derechos
inefables, infalibles, inalienables,
ya puedes trabajar de lavaplatos
o sirviendo potajes a oligarcas.

32

Camino de pedernales que se cuece en los labios fatigados
y el hambre que se trepa en plataformas de los barrios.
Tumbas abiertas en las escaleras
y letrinas que conversan con las ratas.
Cucarachas que se disputan la escualidez de cocinas
que se mueren de frío,
y la compañía del gas y de la luz extinguiendo
el derecho de los ojos.
Así es todo, un juego, sólo un juego
en el que se sigue andando descalzo en los trenes vacíos,
en inviernos continuos de un calor revocado.

33

Hay que recontar los dolores que apretan a los ojos
en las excelencias de los cometidos.
Victorias enjauladas en los pensamientos de asfalto
sin condecoraciones que asolen a la nieve.
Pero la sombra sigue la ruta de minuteros en horarios
de zapatos gastados,cupones de comida y con vino gitano
encerrados en bocas que gritan en roperos.

Escrúpulo de elevadores, de pisos, de jabones,
que al final de semana
suministran un sobre con figuras de muertos.
Así las cosas,
la orquídea estrujada sobre una mesa escuálida,
los dedos que crepitan con pensamientos trágicos,
y el doctor que renueva boletos de entrada a las farmacias.

34

¿Te has puesto a pensar que el tiempo se acaba?
es tan corto para amar la esencia de las nubes,
para tener entre los ojos el panorama
de las cosas que llenan
el semblante de las líneas,
para vivir entre los pensamientos de los otros,
hasta para odiar la sombra
que se esconde en las ranuras de paredes solitarias.
El calor o el frío abarcan el sendero de las realizaciones,
y el dolor es igual,
otra maraña de arrugas en la interpolación de la existencia.
¿Para qué conjugar verbos indiscretos
si el mundo es un lugar
en donde los caminos conducen a las determinaciones?
un lugar en donde las camisas y vestidos
se llenan de caminos bifurcados,
o el corazón se arropa con silencios
que medran en dedos descarnados.
Un epigrama de cadenas con colores gastados,
y conversaciones de espejos cada día.

35

¿Y para que ponerse a reflexionar acerca de las cosas?
Allí en el semblante de los acontecimientos
la silueta se llena de raíces.
Un árbol de mármol que crece, crece y crece,
donde sus ramas se alimentan de páginas
que pretenden soluciones.
sus hojas se mecen con ritmo de epilepsia
en la historia de la arena.
Funciones de oficinas
manchadas con lenguas de todos los colores.
pero se sigue allí con el silencio empedrando calendarios,
tratando de enseñar a los leones los ritmos de la espera,
vestido con un enjambre de humildades,
y adornada la frente con diademas de respuestas
sin sentido.
Y así se camina por los parques del mundo
esperando que en los ojos retoñen telarañas.

36

¿Y qué es lo quedó
después de haber consumido las interrogaciones?
Mañanas pintadas con la esencia de fanáticos,
odio contra el color de los cometas,
hienas con su risa de acrósticos de nombres retocados,
sueños de un pentagrama equivocado,
y cruces desperdigadas con sus capuchas blancas.
Pensar que las burlas de los limousines
se podrían ir desafinando en las arenas,
y que el destino
con sus cansados ojos de humo de cigarros,
podría encontrar la solución de su cuadrado;
entonces, sólo entonces,
la transparencia pujante y resplandeciente de los hombres
sería la melodía total en las iglesias del mundo.

LIBRO QUINTO

El terror divino,
el hombre, un extraño entre sus hermanos,
nunca regresará a su casa.

37

Contradicción de las cosas
en donde los sonidos se enredan
en sonrisas extrañas.
Límites de un cielo de un tiempo de un espacio;
lenguas voraces de los mapas
y el agua que aparta la ilusión de los hombres.

Allá en el horizonte de las puertas de hielo,
la eternidad de los molinos se confunden
en dinteles que sangran miriadas de hormigas solitarias
que llenan las ventanas y escaleras con gritos de Castilla.
Quijotes asombrados de las aspas de piedra
que circundan relojes,
atacan con sus lanzas de escobas y armaduras dormidas,
restaurantes cansados, oficinas selladas con la noche,
y rescatan jabones de hoteles en las horas del alba.

38

Se abren los ojos.
El peso de las huellas se enredan
en el pensamiento de la sangre;
ancestraje de prismas.
En el alma brotan raíces de silencios o gritos solitarios,
rayos de luna de un destino
que ahora ha tomado un tren equivocado.

Las puertas se cierran en los ojos,
esperas que tienen agitaciones de mañanas,
que engañosas se pierden en las fábulas de un entonces,
quimeras que despedazan las apariencias
de las plenitudes,
múltiplo de los ceros.

Alejado del vientre de propósitos
que se definían como monotonías
se aceptan los errores,
que ahora los ecos del pasado son fantasmas
de un sueño razonable
adornado con símbolos de inquietudes extrañas.

39

Las cocinas cantan el sudor de la frente y de las manos
y la grasa se cierne en los ropajes blancos de las uñas,
las máquinas se activan para lavar los platos,
y las manos se mueven,
mientras que los ojos y las lenguas se cansan del silencio.
Un mundo real.
El fantasma del hombre
que sueña un hombre con un alma,
necesidad dilatada en la incuengruencia
de los cielos de escobas
y una audaz impaciencia por el olvido de ancestrajes
que envolvió las raíces abstractas de las tradiciones.

Allí en las horas de los ojos,
el verdugo define proporciones,
son papeles adornados con rostros de los muertos,
manchados con la sangre de un verde equivocado
que engaña plenitudes y aromas
de una taza de café con un mendrugo.

Y allá afuera en el dintel del viento y del granito,
las sonrisas de escarcha son los ritos normales.

40

Yo presumo de soñar con crepúsculos animados:
matices de pájaros, íntimas apariencias
de un mundo de refugios
de éxtasis abstractos y virtudes.
Pero son sólo agitaciones de manos
que enlazan a las nubes
y gritan despedidas plañideras.
Todo es cierto,
puntos reales en las líneas de los mapas
con nombres que sólo se adivinan.
Variante razonable;
tratar de encontrar
como definir la obscenidad de la existencia.

Realidad de reflexiones que han muerto
entre los brazos de una novia,
un idioma escondido
en el rostro impasible de estatuas milenarias,
todo quedó allá, al otro lado de la orilla del río.

Ahora tengo en las manos solamente,
vigilias de las noches en que los ojos duelen,
y una repetición incongruente de voces
en un idioma extraño.

41

Desterrado horizonte,
realidad crepitante que se clava en la sangre
definiendo crecientes reflexiones.

El fuego obscuro de una máscara
que se agita en los semblantes,
un bosque que arde en las consideraciones de cocinas,
pero el hambre retoña en las paredes
de barrios cargados de "graffiti"
y autos enjabonados con herrumbre.

Es una eternidad implacable que duerme en las esquinas
de casas tenebrosas pintadas con gemidos,
huérfanas de veranos, otoños, primaveras,
y el hielo enseñoreado como una enredadera.

42

Es solo un juego de escrúpulos ambiguos:
tocar con los dedos el clamor de los ojos,
y levantar pensamientos inconclusos.

Sombras de vértices
que se desplazan encima de escritorios
cansados de amontonar solicitudes,
líneas de humo
que se cruzan con sonrisas de aptitudes sospechosas
sobre rostros que destilan agonías.
Es una monotonía de palabras inservibles que contaminan
el "quizá mañana",
que se desbordan en labios entrenados a domar sonrisas
con pensamientos absurdos
que pintan una moral indiferente.
Es así.
Un crepúsculo más que llega con su sudario rojo
para arropar el hambre que se durmió en la mesa.

Allá en el universo de corredores y oficinas
pintadas en blanco
el café se derrama entre estadísticas de los computadores.

43

Fragmento negro mudo, tangible, estremecido
por el disco secreto de los computadores,
un color perseguido en nueve cifras
en un cosmos de calendarios
y encuestas para las votaciones.
sólo silencio, nada más que silencio.

Eufórico busca el destino
en un enjambre de variantes definidas,
rutilante indaga en el frío de los labios de azúcar,
pero un silencio agudo, nada más que silencio
exalta lo buscado
en los pasos gimientes de jardines ajenos,
y el destierro implacable envuelve su mirada.

Allá en el mundo helado de las conjugaciones,
los perros con sus abrigos contaminan los grifos.

La sombra marchita de los niños, camina entre los ojos,
en busca de un mendrugo en la mesa vacía.
Silencio, solo silencio
nada más que el silencio resbala en las paredes.

44

Torturado,
con las uñas extrañas presionando el dolor de los ojos,
esclavo del pensamiento enroscado en el Hudson,
y la lengua temblando al sentir
el peso desnudo de otro abecedario.

El rutilante incendio retumbando costumbres e ilusiones
victorioso se alzaba,
con candidez de ónix o alabastro se erguía
hasta tocar con los dedos las palpitaciones
que adornan la inocencia,
era un abrazo raudo e impaciente
a la humildad de los vacíos transparentes.

Ahora el viento con un amor materno se cuela impaciente
entre las soledades,
y las plenitudes de mármol y ascensores audaces,
invaden un mundo derretido.

La inclemencia crepitante de cadenas doradas
que se mecen
al borde de los sueños,
es una roca viscosa que late al color de las contradicciones.

Todo es así,
la humillación pujante que se enrosca tangible
en su presencia,
y un Cristo mudo adornando el pedernal
que levanta sus ateridas letras al espacio.

45

Las insensibles gotas de tormento que implacables
engendran los rincones.
La despiadada soledad del alma
como algo ensordecedor e inevitable,
el hogar como un lugar en donde el agua se marchitó
y la ceniza se comió la calle,
donde los sapos siembran letreros
que prohíben la entrada.

Solo cuartos vacíos en un castillo de arena
con niños que se pierden
en inundaciones de olor de semillas y de polvos.

Sobres llenos de centavos
con pretensiones brutales de compras de alegrías,
la miseria que presume ser un paso transitorio,
y la vida que se desliza
dentro de las viscosidades del silencio.

Pero los computadores siguen arremolinados en sus nidos,
y el hombre escuálido
en la calle sigue cantando su aleluya.

46

Derechos inalienables a la escualidez de las mesas,
a los cupones de comida y a las letrinas
que adornan los rincones,
y el mármol
que aumenta a los ojos un recuento indiferente
a las soledades temporales en las líneas sin término.

Grietas absurdas que están enseñoreadas
en el encuentro adverso de las lenguas,
y calendarios exhaustos de competir en las encuestas
sólo falsean monotonías del juego de los hombres.

Allá en lo alto
un nombre incomputado se duerme
contando lentitud de caracoles,
mientras que el hombre esclavo de las desesperaciones,
con los ojos ausentes ensalza la armonía de las lápidas.

47

Mañana con la presencia rutilante de las horas
el cincel centelleante volverá a descarnar
el ónix y el granito.
Los cementerios se seguirán llenando con escombros
de clarinetes, tambores y guitarras;
las coronas de espinas abrazarán el pecho de los muertos,
pero en las fábricas los hombres y mujeres
erguidos continuarán deshojando
los retazos tangibles de sus músculos.

Panorama infinito de las viscisitudes del hombre de la calle
que llena las encuestas de los computadores,
que se sonríe,
dice: ¡Hola!
y que se arropa con el siniestro sudario de "mañana",
pero las rejas pintadas en blanco
llenan de un arco iris a los elevadores.

48

Ven, camina la ruta de las alucinaciones:
Sueña que las oficinas han abierto sus ventanas
y que fragantes de café despierto
arrebatan tu presencia transparente;
que los relojes se mantienen ocupados
deshojando con su tic-tac las hojas de tus aplicaciones.
Pero la viscosa desnudez
que engendra sombrías realidades
te grita que todo eso existe
en el tumulto de las intenciones;
allá en el fondo de paredes blancas,
las voces cansadas de los jefes revuelven
silencios en archivos,
y sus asombros inviolados se estremecen
al llenar con sus ojos tu presencia inevitable.
Indiferentes te miden con las varas de los computadores,
y números siniestros te informan
que tu ayuda ha sido revocada
por razones escondidas en círculos marchitos.

Otros siguen soñando en las estrellas,
pero las cintas blancas jamás ensancharan tu mesa.

LIBRO

SEXTO

*La mañana
preludio de inocencia de los pájaros
pero el hambre contamina los sueños.*

49

¿Cuántos hombres han cruzado el dintel de los ríos
para encontrar una colección inerme de piedras vivas?
Espera por mi, que yo también he venido caminando
en busca de razones,
yo también soy parte de la tierra donde bulle el sol
entre los granos de arena.
Mis manos están llenas de las líneas
que destilan sueños inauditos,
y mi sombra como la tuya encierra canciones divinas
que derraman gotas de rocío entre los ojos.
¿Cómo puedo dejar de soñar en las mejillas
que destilan penetraciones en las grietas del tiempo?
Y me pongo a contar con los dedos los frutos amargos
en el mercado de las lamentaciones.
Los hombres que van llegando vestidos de quimeras,
con ojos que se pierden en la llanura infinita de los cielos,
con el rictos del hambre
que examina la paciencia del alma,
cada uno en la procesión incesante
de las espinas aduaneras
vienen trayendo de la mano la esperanza convexa
de un mañana,
cada uno viene contando la historia de una bandera
o el sonido voraz de un tambor o una guitarra.

50

¿Tú crees que importa la coherencia de los sueños
que se reflejan en la naturaleza?
Hay algo junto a ti que siempre te conduce
con fiereza a las contemplaciones ingovernables de ti
como inmigrante.
Olvidas que tu aliento emite el balance del flujo y reflujo
de la vida, es sólo una temporalidad
que se ajusta a la inclemencia de tu espera,
tus horas son eficaces en el paso de tus manos,
la dulce cualidad de tu pensamiento
es lo que más percibe el alma,
esa es la potestad inherente que te adorna el espíritu,
es ese pensamiento sutil que se desplaza
en el tiempo que quedó
marcado en las intensas arrugas de panoramas
que se quedaron al otro lado de la línea.
Y así en tu caminar incesante de inmigrante ilegal,
te azota y llena de tristeza
las grietas profundas de tus ojos.
Yo te veo pasar entre mis poemas.
Eres el hijo del drama incongruente
del pensamiento del hombre
que ha partido las latitudes de la tierra,
del hombre que enmarcó
con alambre de púas una línea imaginaria,
del hombre que olvidó el cantar de los pájaros,
de aquellos que han enjaulado los dientes
de las olas en los ríos, que dan la bienvenida
con ametralladoras, y guardan mastines que se ensañan
en la sangre de los desventurados.

51

Hombre hijo de la tierra,
no eres el término de todas las palabras
tampoco eres la identificación de leyes cansadas
que lucen su idiosincrasia en salas universitarias,
cada recuento de ti es un retazo del balance
de las cosas divinas,
cada uno de tus pensamientos está embebido con virtudes,
el ritual de tu inocencia no puede marchitarse con el deseo
impermeable de aquellos
que cantan epitalamios de muerte
en las mañanas de tu vida,
interminables coronas de espinas apretan
la frente de tu existencia,
y la realidad se apresura a llenar el vértice de tu órbita.

Yo he visto a los hombres perseguidos por voces torvas,
pegajosas, acorralados, dolientes, marchitos, exhaustos,
escapando anhelantes por puertas paredes y ventanas,
corriendo cautelosos inundados por ojos y sonrisas,
con cruces de "ilegales" que arrastraban en sus frentes,
tratando de hurtar al tiempo
un día más para seguir viviendo.

52

El océano de la miseria lamía
cada una de las letras de "ilegales",
era un enjambre de voces
que perpetuaban sus aguijones en los oídos
sordos que se escapaban en la tempestad negra
de las horas,
y las letras voluminosas de los diarios estiraban sus dedos
a los ojos que llenos de pavor
desplazaban distancias en esquinas,
en las estaciones de los trenes, de los buses,
en las aldeas, en las grandes ciudades,
en apartamentos subterráneos,
en calles donde el nombre de la misma se retuerce
con el dolor del hambre.
"Ilegales", y su sombra
se derramaba cubriendo
el color de los televisores;
los niños en las escuelas
se escurrían debajo de las miradas de sus compañeros,
"ilegales", el estigma que como un "inri"
llena los espacios de las grandes ciudades.
Pero el viento sigue enroscando las hojas de los árboles,
la tarde se incrusta entre los ojos,
y mañana lloverá igual con ellos o sin ellos.

53

¿Cómo puedes desconjugar
la realidad de la mísera existencia?
Allá en el otro lado de los alambres con espinas de acero
las guitarras preñadas encienden algarabías
que hambrientos se desplazan en el aire,
en los oídos,
los músculos de hombres y mujeres
de niños y de viejos retoñan en ritmo de tambores,
se lazan, se entrelazan,
creando vida sutil de luz y sombra.
Colores de mariposas sedientas se retratan
en medio de palabras,
el río muerde la piel en tardes de verano,
las calles de adoquines tiemblan
al paso de las madrugadas,
unos ojos obscuros que esperan
con ansias en las horas del alba.
¿Qué vas a hacer de tu existencia perseguida?
Tus manos apretan el vacío sin tiempo,
las arrugas en tu alma se desplazan en sabores amargos,
estás solo, completamente solo
en medio de una tarde que te muerde,
de unos años que penetran en ti como las pesadillas;
dos diferentes mundos
que tratas de enredar entre tus ojos,
mientras que allá en el firmamento,
un ser cansado de plegarias se ha dormido aburrido.

54

El hombre, sólo el hombre,
ajustado a las consideraciones verbales de las leyes,
admirador conclusivo de panoramas espirituales,
que canta himnos específicos de su bandera,
que fluye en las cosas de su historia,
que persigue las negligencias esbozadas
con caracteres de verdades.

El hombre que acaricia la plenitud de una esposa,
de un niño,
que adula los encuentros inefables
de sus líneas de ancestraje,
que se pasea en las teorías del nacimiento de su universo,
y que engendra en su alma
el respeto incondicional del derecho.
Hoy se viste con traje de ceniza,
no tiene parte en la repartición del sentido
común del reciclaje,
su admisión en el teatro ha sido vedada,
su testimonio ha sido revocado,
y confuso se retuerce bajo el estigma doloroso
de haber caminado las distancias
sin una libreta con retrato,
que acuse el derecho de respirar el aire de los otros.